슬프게도 이게 내 인생 04

SEUL
글그림

DAUM WEBTOON × 더오리진

CONTENTS

030

런치타임

직장인에게
점심시간이란
바쁜 하루 유일하게
업무에서 벗어나
고픈 배를 채우고
쉴 수 있는 시간이다.

죄수 154번.
점심시간이다.

아…
드디어…

체감상 이런 느낌

하지만 내가 겪었던 점심시간은
마냥 좋진 않았는데…

어? 이렇게나
좋은 기억이
없다고?

한 번 정도는
좋았던 점심시간이
있을 법한데…?

스토리 짜면서 깨달았다

슬프게도 이게 내 인생

회사마다 점심 문화는 다르다.
다 같이 식사를 하는 곳도 있고

자유롭게 그룹을 만들어 먹기도 하고
개개인 따로 먹는 곳도 있다.

다 같이 식사를 하는
곳은 회사에 따라
막내에게만 할당되는
임무가 있는데

음…
11시 50분이군
슬슬…

그것은 점심 메뉴를
취합하고 주문하는 것.

오늘 점심 뭐 먹지…!

일단 대표한테
먼저 가서
뭘 먹고 싶은지
물어보고

시켜 먹을지
밖에서 먹을지
정한다.

부찌 조아

대표가
나가길 귀찮아하면
시켜 먹게 되는데

슬프게도 이게 내 인생

그럴 땐 핸드폰으로 배달 앱을 켜놓고
직급순으로 돌아다니면서

점심
뭐 드시겠어요?

점심
뭐 드시겠어요?

점심
뭐 드시겠어요?

점심무새

전 직원한테
뭘 먹고 싶은지
다 물어보고
다녀야 했다.

여기서 모두의 마음이
잘 맞는다면 다행이지만

난
된찌 된찌!

한식
괜찮으세요?

한식 좋네에

점심시간 희망 편

아무도 딱히 뭔가 끌리는 게 없으면 한나절이 걸리는 것이다.

난 아무거나 아무거나~

뭐 먹지이~

이러다 못 먹겠네….

점심시간 절망 편

여기서 막내는 의견을 낼 순 있지만

슬이 씨가 골라봐 뭐 먹고 싶어?

그…그럼 오늘 햄버거는 어떻습니까?

그 의견에 힘은 없다.

난 요즘 다이어트 하는데!

밀가루 먹으면 속이 부대끼는뎅…

그럼 왜 물어봤냐!!

막내특: 먹고 싶은 거 못 먹음

슬프게도 이게 내 인생

회사 규모가 있는
경우는 난이도가 더
올라가게 되는데….

나도 첫 회사 다닐 때
그렇게 돌아다녔었는데

오

야나두

근데
1층 2층 나눠져 있어서
위아래 오르내리면서
돌아다녀야 했어

헐
개빡세네

막내의 위치에선
개선하기도 힘들다.

그치 우리가
바꿀 수 없지

내 말이이익!!
왜 그렇게 안 하냐고!!!!

으아아
아아
아

여기 기본 안주랑
생맥 두잔 더 주세요

당연히 숟가락 놔야 하고
물 다 따라드려야 되고
다 먹은 그릇 우리가 내다 놔야지

회사가 크고
사원 수가 20명
이상이면
친한 사람끼리
따로 모여 먹게 되는데

*두 번째 회사의 경우

밥 먹고 하자

으ㄱㄱ

으아 드디어!

그때 나는 월급이
너무 짰기 때문에

잠깐 통장에
돈이 얼마나 있지?

점심 사 먹을
돈이 남아 있나…?

점심 사 먹을
돈이 없었다.

와. 내 잔고
월드컵…

**최저 안 되는 월급+퇴직금 포함
+인턴 80% 적용 결과**

오늘은 집에서
남은 반찬 싸왔어

다른 사람들은
대부분 집에서
도시락을 싸왔는데

21세기 마리 앙투아네트가
여기 있었구나

남은 반찬이 삼겹살

슬프게도 이게 내 인생

생활력 제로
자취생이었던
나는

거의 균사체

절대 바나나만 먹어

다행히도 돈이 없어서가 아니라
다이어트로 인한 식단 조절로 오해해주었다.

근데 왜 눈물이 나지

하지만 놀랍게도 살은
빠지지 않아 더욱 비참해졌다.

가차 없는 현실

슬프게도 이게 내 인생

이 회사는 다 같이
먹는 분위기여서
초반에는 같이
먹게 되었다.

슬이 씨 저희 점심
중국집 괜찮으세요?

아 네!
좋아요!

그럼 지금
같이 나가시죠!

여기는 내가 막내라고
시키진 않는구나
다행이다!

식사
맛있게 하세요~

맛있게 드세요~

다들 먹는 속도가
너무 빨랐다.

왠지 조금 멀미가 났다

슬이 씨는 천천히 드세요 괜찮습니다!

그들은 그렇게 짜장면을 해치우곤 내가 다 먹을 때까지 기다리고 있었다.

하아암

괜찮긴 개뿔! 하품하고 있잖아!

그렇게 빠른 시간 내에 짜장면을 먹어본건 처음이었다.

차라리 날 두고 먼저 갔으면 좋겠어!!

아이고 시장하셨나 보다~

짜장의 영혼을 빨아들이는 디멘터

결국 체했음

ㅇㅇㅇ…

아는 이야기지만 소심해서
대화에 못 끼는 사람

중간에
툭 끊겨버려서
어색한 순간이
오거나

저는
그 게임 별로던데~

쌔ㅡ늘ㅡ

켁…! 켁!
콜록콜록콜록!

이것이 바로 현실 갑분싸

요즘 뭐만 먹으면
설사를 하는데 왜 그럴까요?

지금도
조금 마렵다

누군가 과한
사적인 이야기를
해버리면

저런
장염 아니에요?

제발 병원을 가

내 돈 내고 불편하게
밥을 먹게 된다.

어 슬이 씨
다 드셨어요?

…네

식사 강종

또 체함

흑흑…

으…. 밥맛 떨어지게
웰케 빨리 왔대

대표는 보통
점심시간을 넘겨서
오기 때문에
같이 점심을 먹는 일은
드물지만

대표

오늘은
저도 같이 먹죠!

하하….
알겠습니다

같이 먹게 되면
항상 빠치게
업무 이야기를 한다.

와

앙

냠

표

그래서 슬이 씨
아까 부탁한 화면은
얼마나 됐어?

슬프게도 이게 내 인생

혼돈 그 자체

먹고살기가 이렇게 힘들어서야

다음 날

다시 바나나로
돌아오게 되었다.

밥은 역시 혼밥이 최고!

그렇게 자리에서
혼자 밥을 다 먹고 나면
남은 점심시간을
최대로 즐기기 위해

서둘러 책상에 엎드려
잠을 자줍니다.

안 그러면 점심시간 내내
대표가 말을 시킬 수도 있으니까요!

남은 점심시간에는 게임을 하기도 하는데

철권을 한 적도 있다.

그렇게 철권 일짱을 먹었다.

031

CCTV 사건

어느 날
출근을 하니

유후
오늘도 앙큼하게
10분 지각 예에~

비커즈 암 코리안~
이것이 바로
코리안 타임?

그냥 근태 엉망

낯선 이가 회사 직원과
실랑이를 하고 있었다.

아니 이러시면
좀 곤란해요

하지만…
어쩔 수 없어요

뉘신데 개발이랑
입딜을 넣고 계시지?

새로 오신
기획자?

개발이랑 싸우는 사람 = 기획자

 슬프게도 이게 내 인생

CCTV를 놓는다길래 불쾌하지만 그럴 수 있다고 생각했다.

쿨한 척

겉으론 아무렇지 않은 척했지만 근태가 엉망이라 개찔렸다.

제 발 저렸다

슬프게도 이게 내 인생

이것이 진짜 모니터링

이 회사의 구조는
대충 이렇게 생겼는데

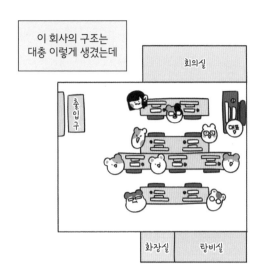

보통 카메라를 통로 부분에
설치하는 게 정상이지만

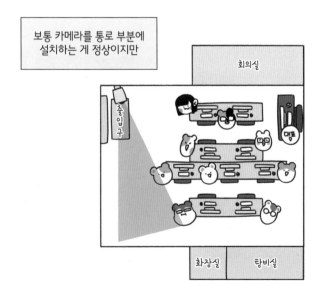

슬프게도 이게 내 인생

끔찍하게도 업무 공간 쪽에 설치해
사원들 모니터를 감시하겠다는 것이다.

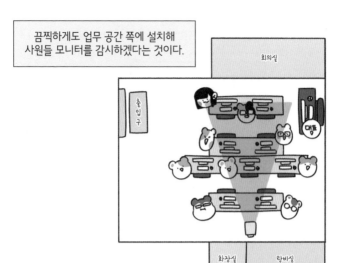

그래서 유독 카메라 한가운데에 찍히게 된
사원이 제일 큰 피해를 보게 된 상황.

에임이 거의 스나 수준

심지어 그 사항은

이상하다…. 하지만 여기 대표님께서 당부하셨는데

대표가 특별히 요청한 부분이라고.

꼭 여기에 달아서 컴퓨터 화면이 보이게 설치해달라고….

그래 물론 녀석이 그랬겠지 정말 못 말리는 녀석….

정말~ 말려 죽여버려~

사람이
일관적으로 똥을 싸면
어느 날 큰 똥을 싼다고
크게 놀라진 않는다.

그럴만한 놈이지

끄응….

똥쟁이 녀석
똥구멍이 걱정되는군

역겨운 표현 죄송합니다…

그렇다고
똥 냄새가 안 나진 않는다.

그래도 그 똥을
내가 치우긴 싫어
개보다 못한 놈아!!

우리 집 웅이도
대소변을 가리는데!!

못 가려도 개는
귀엽기라도 하지!!!

인간은 답이 없다

그래서 바로 뚱쟁이에게 전화를 걸어 진실 규명에 들어갔다.

그의 분노에 당황한 대표는

라고 했고

이 죄 없는 불쌍한 아저씨는 돌려보냈다.

휴 살았다

슬프게도 이게 내 인생

대표가 오는 동안 사원들이 이 사태에 대해서
하던 일을 다 내려놓고 뜨거운 토론을 시작했다.

그러면 차라리 출입구 쪽에다 두는 게 낫죠 맥을 무슨 품 안에 숨기고 나갈 수 있진 않으니까요

창문으로 뛰어내릴 수도 없고요 닌자도 아니고….

아무리 생각해도 저희 감시하려고 하는 거예요

그러다 전문가에게 자문을 구하기에 이르렀다.

가만히 있을 순 없어요! 노동청에 전화해볼 거예요!

벌떡!

이건 심각한 사태라고요!

평상시엔 친절한 그가 불같이 화를 내는 모습이 인상적이었다.

거기 노동청이져!

버럭!

역시 회사는 선한 사람도 악에 받치게 하는구나

지옥이 있다면 바로 여기일까

 슬프게도 이게 내 인생

대표 손목에 은팔찌 채울 생각을 하니
두근대는 나의 마음

법은 역시 약자의 편이 돼주질 못했다.

저희가 사업장이 작고 개인 정보 침해의 부분이 애매하기 때문에

아이고…

그냥 설치한다고 해서 대표에게 징계를 주긴 어려울 거라고…

그럼 감방은 못 보내니까 개인적으로 하늘은 보내도 되죠?

그럼 슬이 씨가 감방 갈 걸요

정29현

그래도
이 사건으로 인해
모두 크게 충격을
받은 듯했다.

그래도 이건 선을 넘었어요.
대표가 그냥 설치한다고 하면
전 퇴사할 거예요.

저도요….

일단 의심받는
느낌 자체가 불쾌해요!
얼마나 열심히 했는데….

평소에도 헛짓을
자주 하긴 했지만
이번엔 위법행위이니
그럴 만도 했다.

여러분의 복지를 위해서
집에서 안마의자 가져왔어요~

대폭

와~

그거 어디로
가져가시는
거예요?

다시 댁으로
가져가신다는데요?

떠오르는 흔한 헛짓 중 하나

갑작스러운 퇴사의 바람에
흔들리기 시작했다.

그때 도착한 대표

슬프게도 이게 내 인생

하지만 우리들의 마음은 한겨울
서울 한강마냥 꽁꽁 얼어 있었는데

거의 대법관들

일단 먹이고 본다

피자의 온기 덕에
조금 녹아버렸다.

옴뇸뇸뇸

피자는 죄가 없어

그렇게 시작된
그의 변명쇼는
피자 먹느라
잘 기억은 안 나지만
대충 이런 내용이었다.

피자
너무 좋아!!

이젠 아무래도 상관없는 모습

며칠 전에 온 손님이 회사에 장비 많다고….
분실 위험 있겠다 그래서 한번 CCTV 달아볼까 해서 한 거다.
위치는 맥이 젤 비싸니까 맥 위주로 찍히게 해달라를
모니터 화면이 보이게로 설치 기사가 오해한 거다.
여러분을 의심하는 건 아닌데 그렇게 느껴질 수 있다는 걸 몰랐다
CCTV 다는 걸 한 명이라도 반대하면 달지 않겠다.

모두들 1도 안 듣는 모습

슬프게도 이게 내 인생

설득력 제로였지만
아무도 이의를 제기하지 않았고

애초에 들으려는 생각이 없었던 모습

전원 반대로 CCTV는 달리지 않았다.

최고의 팀워크

사람들은
퇴사를 하지 않았고
평소 일상으로
돌아갔지만

그 사건은 종종 회자되었고

완전체

대표가 전보다 사원들과
자주 싸우는 게
신뢰가 더 떨어졌음이 느껴졌다.

좋아 이렇게
내 실업 급여에 한층
가까워졌군

이 기세로 빨리 망해버려

그리고 나의 근태는
딱히 나아지지 않았다.

지각은
할 수 있을 때
해둬야지ㅎ

자 이제 누가 악당이지?

맞습니다. 비겁한 변명입니다.

좀 더 발전하는 작가가 되겠습니다.

032

여기 술 주시오

**술보단 프로틴을
먹어야 하지 않을까…**

얼굴이

슬프게도 이게 내 인생

술은 왜 마시는지 모르겠는
음료 두 개 중 한 개였는데

다른 한 개는
아메리카노

크응으
ㅇㅇㅇㅇ...

이것도 한 모금에 그ㅇ년은 늙어버린다.

지금은 둘 다 없어서
못 마시는 사람이 되었다.

알코올!!! 알코올을 줘!!!
카페인도 괜찮아!!!

이 두 개가 없으면 나는!
자극이 없으면 나는!!

못난 어른이 되어버림

술은 맛이 없어서 먹기 싫어했지만

으… 이런 걸 왜 먹는 거야… 난 콜라 마실래

뭐어?!

그 시절엔 맛이 없어도 먹었어야 했다.

앎(알코올러버)

얘가 술을 안 마신단다! 체벌을 준비해라!!!

아니 소주를 병째 넣네

에비 지지

거의 술을 먹기 위해 대학을 간 것처럼 먹어댔다.

아까 삼 천 시킨 것만 다 먹고 가자? 어때 괜찮지??

으…? 으…응. 근데 이상하게 안 줄어….

소곤

화수분

슬프게도 이게 내 인생

그래도 그때는 다음 날
숙취도 없이 일어나서
아침 수업도 잘 다녔었는데

수업 지각할까 봐
수업 직전까지 마셨다!!

어케 살아 있냐

숙취 쿨타임을 주지 않았음

놀랍게도 헌내기가 되자마자
숙취가 생겼다.

야… 야…
너 괜찮아?

끄ㅇㅇㅇㅇ…

헌내기와 헐어버린 간

내 숙취는
일정량을 마시면
꼭 밤새 토를
하는 거였는데

끄에에에에
에에엥에!!!

얌마!
어따 토하는 거야!!!
그거 내 과제!!

미안… 변기인 줄 알았어
원상복구해놓을게…

? 내 과제가
똥이라는 소리?

술김에 나와버린 진심

정말 끔찍한 건
숙취가 다 낫기 전에
뭐라도 먹거나
마시게 되면

됐어 다시
프린트하면 되니까.

너 그러다
탈수오겠다.
물이라도 마셔…

우웅… 고마워
진짜….

슬프게도 이게 내 인생

즉시 전부 토해버린다는 것이다.

으에에에엥에!

꼬아아아

이 자식이 뭘 원상복구하는 거야!!

리필

어느 날은 냉장고에 있던 알로에를 마셨더니

그래도 아무것도 안 마시기엔 더 괴로워…

그냥 저거라도 마시고 다 쏟아내야겠다….

텅

달콤한 토를 한 적이 있다.

토가… 스윗해…. 알갱이가 살아 있어….

목구멍이 시원해…!

나쁘지 않았음

마시고

토하고

마시고

55

술이 좋아졌다.

애증이 깊어져 버림

이젠 맛있는 음식을 보면
그에 맞는 술이 생각나고

그냥 식욕이 구체적일 뿐

슬프게도 이게 내 인생

신세계를 맛보는 중

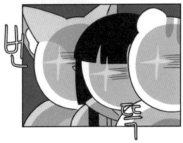

아 전체 이용가만 아니었어도!

하지만 이제
다들 늙어서 예전만큼은
못 마시게 되었다.

어?
이 사람 잔다.

흐암~ 겨우
11시인데 졸리네….

이제 슬슬
일어나야
되나 보다

학생 때는
새벽 4시까지 놀아도
쌩쌩했는데….

다들 회사 다니면서 얻은 각종 질병과

삭제되어버린 체력으로

허억… 허억…

허억…허억… 계단 진짜…

허억… 퇴근하고 싶다…

출근길 지하철 계단에 패배함

주량도 줄어버렸다.

나 이제 소주 힘들어 맥주 먹자…

과거 한 짝씩 먹던 사랑

형

메뉴

쿱

크흡!!! 세월의 야속함이여!

나도 이전에는 소주파였으나

빨리 취해야 하는데 맥주는 배만 부르고…

너무 자주 오줌 마렵고…

여자 화장실 맨날 줄 서야 되고…

술집 화장실 더럽고… 무섭고…

요약: 화장실 가기 싫다

 슬프게도 이게 내 인생

지금은 맥주가 더 좋아졌다.

편의점 도시락…
컵라면… 그리고 맥주…
갓벽한 저녁이다…

크ㅇㅇㅇ…
이 맛에 퇴근하지

잠도 잘 오고 좋음

다음 날 출근해야
하기 때문에 사리게
되는 것도 있는데

쩝 좀 부족하지만
낼 출근해야 하니까
그냥 자야지

자다 오줌 매려서
깨고 싶지도 않고

제발 그만 오줌을 말해

얼큰하게 취해버렸다

취하면 무릎이 남아나질 않는 사람

 슬프게도 이게 내 인생

자기 전에 꼭 깨끗이 씻어야 하는 몸이라 샤워도 했다.

쁘에에에에웨엑!!

쁘에에에에웨엑!!

위장도 깨끗이

그렇게 씻고 나와서 머리를 말리겠다며 드라이기를 꺼내고는

머리… 말려야 비듬 안 생겨…

그대로 껴안고 잤다.

으으…
속 안 좋아…

다음 날 겨우 겨우 출근은 했으나
폭음으로 인해 속이 너무 안 좋았는데

극한 반성

와중에 배가
너무 고팠다.

다 토해버린 결과

지하철역 할머니가 파는
어묵 꼬치와 국물이 너무 간절했다.

진짜 딱 국물 한 모금만!
딱 한 모금만 마시면
싹 내려갈 거 같은데!!!!!

숙취에도
구체적인 식욕

결국 견디지 못하고
회사를 뛰쳐나와서

나 해장 급해!!!

어묵 8개와 국물을
조지고 나서야
지독한 숙취에서 벗어날 수 있었다.

숙취 굿바이!!

그리고 다짐했다.

이번엔 거의
죽을 뻔했어;;

다시는 이런
고통 겪기 싫어!

진짜로
술 끊는다!!

 슬프게도 이게 내 인생

그렇게
마음먹고 회사에
돌아갔는데

내 다짐은 10분 만에 좌절되었다.

금주보다 퇴사 먼저!

실제로 미친 듯이 마시고
드라이기를 껴안고 잔 그날.

입었던 바지는 구멍이 뚫려
넝마가 되어있었다.

애끼는 바지였는데 버려서 속상했음

그런데 술 먹고 넘어지는 건 유전인 듯.

이분도 많이 쪄당거림

033

소심한 자

만화에서는 매일 요란 법석하게 깽판 치고 난리 피우는 것처럼 보이지만

이때까지 이 만화 요약

실제로는 겁나 소심한 편이다.

음식점에서
종업원을 부르는 건
거의 친구 시키고

네가 여기요
좀 해봐

왜 맨날
나 시켜…
니가 좀 해봐

하…
하지만

항상 타이밍을 모르겠다고!!
어렵단 말이야!!!

주문이요~

네~

여기…
여기…

하…. 그래 알았어
내가 시킬게

싫은 친구의 표본

음식점에서
메뉴가 잘못
나와도
그냥 먹고

근데 너
오므라이스
시키지 않았나?

어 그렇긴
한데….

오늘 오브라이스
기분이 아니야!!!!

오늘 셰프님이 제육
자신 있으셨나 봐…

Hell's Kitchen

사진
찍히는 것도
부끄러워해서

아노… 스미마셍…
사진 찰칵찰칵 구다사이~

일본어 안 쓰기로 했지만 여기는 일본이니까
한본어로 타협하도록 하겠습니다

하이!
세~노~

어떤
표정을 지어야 하지
어떤 포즈?

어떠케
어떠케?!

어찌할 바
모르고 항상
엄청난 표정을
해버리고 만다.

찰칵!

사진 찍을 때 맨날 웃긴 표정 짓는 애

 슬프게도 이게 내 인생

차라리 이쁜 척을 해

가게에 가면 종종 뜨거운 직원들의 에너지를 견디기 힘들다.

그냥 정중하게 거절하면 될 텐데

그게 잘 안된다.

열심히 참여하고 있다

슬프게도 이게 내 인생

심지어는 같이 있는 사람이
조금만 눈에 띄는 행동을 해도

와 이거 이쁘다!
사야징

그거 사게?
그럼 새 제품
달라 그러자!

이거 새 제품 좀
꺼내주시겠어요?

아… 그…
고맙…

움찔

뭔가…

내외하게 된다.

본인 일이다

이렇다 보니 회사생활에서도 종종 힘들 때가 있는데

으 겨우 다했다 이제 대표한테 컨펌만 받으면…

으드드드~

대표한테 컨펌만 받으면…

응~

일단 지레 겁을 먹는다.

혹시 잘못했다고 한소리 듣는 거 아냐?

끄응

일 못하는 거라고 생각하면….

이러고 한 30분 더 작업하게 됨

그리고 컨펌을
받으려면 먼저
대화를 해야 하는데

1. 전화

2. 면 대 면

3. 메신저

순으로 대화가 힘듦.

그냥 바로 팍
말을 걸면
될 것을

대표님
컨펌 부탁드려요!

대표

으어!
깜딱야!

박력 있고 싶다

왠지 어렵다.

30분 되면
메신저로 보내야지

그때까지 마음의
준비 좀 하고….

뭔가 제약을 걸어줘야 한다

 슬프게도 이게 내 인생

제일 힘든 건
전화인데

전화는 제이 씨나
대표가 있으면
상관없지만

주변에
아무도 없으면
내가 받아야
하는데

안 들리는 척도 사실 몇 번 해봄

통화 알고리즘!

오라고 할 땐 안 오고!

나도 내가 답답해

 슬프게도 이게 내 인생

전에는 자리마다
전화가 있었는데

아 지금 막
팀장님 오셔서요!
전화 넘겨드리겠습니다!!

넘겨받기네 뭐네
전화 기능에
익숙지 않아서

아.

실수도 많이 했었다.

끄…끊어버렸다….

이때 이후로 전화 더 무서워짐

뭔가 이해가 안 되는
업무 지시를 받아도

aos 같은 경우는
3x로 주셔야 되고
ios는 1x로 주셔야 되고
에셋 정리는 두 개
폴더가 있는데~

알겠죠?
이렇게 해주시면 돼요

일단 알겠다고
해버린다.

네!

여러분
이해되십니까?

거의 습관이 되어버린 아는 척

슬프게도 이게 내 인생

이래놓고 혼자 끙끙대다 결국 실수하게 된다.

그렇게 업무는 미궁 속으로

모르는 게 있으면 그때 그때 물어보면 좋겠지만….

어쩌라는 건지!

고치려고 노력도
해보았으나

타고난 성격을 고친다는 것은
쉽지 않은 일이다.

돼지의 본성을 거스르지 못함

슬프게도 이게 내 인생

어렸을 때부터
주눅 들어오면서
자랐는데

어린애가 무슨
말대답이야!

얌전하지 못하고
정신 사납게!

여자애가 목소리는
왜 이렇게 커!

어른이 시키는
일은 네~ 하고
그냥 하는 거야!

나이를 먹었다고 해서
갑자기 자신감 빵빵이
될 순 없다.

슬이 씨는 좀…
소심하신 것
같네요….

헝..

저희 회사랑은
안 어울리는 것
같습니다.

**면접 보면서 제일
많이 들은 말**

하지만
사회는 항상
활발한 인재상을
바라고 있고
소심쟁이는
갈 곳이 없어졌다.

상처

참나 학생 때는
얌전하다고
좋아했으면서!

갑자기 이렇게
태도가 변하는 게
어딨어

하지만 생각해보라!
회사에 활발한 사람만
있으면 어떻게 될지,

열정맨 10명과
회의하면 어떻게 될지를….

강력하게 키를 잡는 사람이 있다면
묵묵히 앞으로 노를 저을 사람도 필요한 것이다.

그렇다. 모든 건 조화가 필요하다.
유노 옆에는 최강이 있듯이….

슬프게도 이게 내 인생

그러니 소심쟁이들에게
성격 고치라느니
너무 뭐라 하지 마!

우리도 사회의
소중한 인재다~
이 말이야!

헝규

헝규

진짜 내가
면접 때마다
인싸인 척하느라
힘들어 죽겠어….

이상 소심쟁이의
긴 변명을 마친다….

034

돈이 없어

잔액 확인하고 고장 난 모습

슬프게도 이게 내 인생

소비를 해야
시장경제가 살고

저 사람 덕분에
부자가 되었네~

부자는 부를
계속 쌓고

이번 달부터
월세를 올렸다!

내 돈!!

가난한 자들은 계속 가난하다.

후후… 그래도 너와 함께면 마음만은 부자가 된 것 같아

내가 돈이 없다는 걸 잊게 해주거든ㅎ

난 여유 있는 편은 아니다.

빙글

그거 위험한 거 아니냐

현실 외면

블랙 기업을 다니는 사회 초년생은 연봉이 적기 때문.

저… 한도 초과….

B

돈 없어

입이 닳고 닳도록 말했지만 진짜 돈이 없다.

서럽

 슬프게도 이게 내 인생

당장 다음 달부터 월급이 없다면 길바닥에 나앉아야 한다.

도와주십시오…

그래서 월급이 얼마길래 계속 돈이 없다고 하는가?

음… 진짜 연봉을 공개하기에는 무리가 있고….

창피하기도 하고….

원래 이런 거 공개하는 건 아니니까….

최저 값어치의 인간

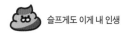

인생 공수래공수거

쥐꼬리만한 월급에
월세는 치명적이다.

야 둘 중 누구야 시공간을
초월하는 녀석이!

(눈치)

월급

월세

팍

왜 월급날은 늦게 오는데
월세 내는 날은 빨리 와!

사실 그냥
서울에 살기 위해
따라오는 비용이
만만치 않은 편이다.

오잉?
이것만 내면
되는 거 아녀?

월세

줄 줄 줄

지방세 생활비 관리비

슬프게도 이게 내 인생

그래서 종종 수도권을 선택하지 않은 부모님을 원망하게 된다.

어째서 맨날 없는 지방에 터를 잡으셔셔!

이게 먹여주고 재워줬더니!

불효자식

이런 상황에
뜻하지 않은 지출이 생겨난다면

나 결혼해.

으악!
경조사비!

이거 하드가
나갔는데요;

으악!
컴터 고장!

생필품이
한꺼번에
떨어졌다!!!

누가 가스비 내는 걸
까먹었느냐!!

가스비

으악! 가스비
스노우볼!!

큰 소비는 갑자기 온다

월세를
못 내게 된다.

그럼 다음 달에 월세를
두 번 내야 하는 상황이 오는데

중첩 데미지의 무서움

그달은
스크루지처럼
살아야 한다.

 슬프게도 이게 내 인생

마트를 갈 땐 제일 싼 것.

치약휴지세제칫솔기타등등!!! 모든 1+1! 최저가 환영!

최고다!!! 노-브랜드!!

네 녀석!! 어떤 것이 초특가인가!!

안 사요~

소신 있는 거지

옷은 웬만하면 사지 않고

밥은 주로 편의점 음식

엄마 vs 아빠

이불은 대학생 때 산 걸 해지도록 덮는다.

두께가 애매해서
4계절 커버 가능!

쩜ㅅ

여름엔 조금 덥고
겨울엔 조금 추워요!

이쯤 되면 내 삶을 이루는 모든 것들이
젤 싼 것으로만 이루어진 것 같다.

크흡… 아무리 빨아도
이불에서 쉰내가 나….

구잇

구잇

인간 다이소

zero emotion

플러팅을 이상하게 배운 사람

아픔은 참게 되고

사실 병원 가기 귀찮아

슬프게도 이게 내 인생

사람 만나는 것도 힘들다.

끈질긴 주(酒)종관계

이렇게 또 친구를 잃었다

솟아라 긍정의 힘!!

슬프게도 이게 내 인생

실패했다.

참아왔던
스트레스와 소비욕구가
터져버렸다.

서러움 폭발

적금도 지금
하는 것보단
많이 하고 싶고

리얼 드림

효도는 역시 현금으로

본심

사람들을 만날 때 드는 돈 때문에 예민해지기도 싫고

방금 그거 좀 비싸지 않았나…

가고 싶었는데…

난 별로 안 좋아하는데…

좋아하는 가수의 내한공연을 매번 포기하는 것도 지친다.

더 이상 참을 수 없어!!!! 이렇게는 못 살아.

쓰고 싶다…. 돈 쓰고 싶어!!!

이번 역은 과소비, 과소비 역입니다

슬프게도 이게 내 인생

···은 예산 부족으로
실패하게 되었다.

교통비가 빠져나간 걸
계산 못 했네···

젠장헐···

이렇게 현명한 소비자에
한 걸음 더 가까워졌다.

억울해서 치킨 시 먹음

단행본이니까 특별히!!

삽화 그리기 부업

**그래도 지금은 덕분에
사람 사는 것 같습니다!**

035

소소하게 신경 쓰여

귀여운 건 어디로?

강렬했던 첫인상

슬프게도 이게 내 인생

8개월 뒤

1년 뒤

강박 수준

언제든 떠날 준비 만반

슬프게도 이게 내 인생

택배왕

기타 가방이었습니다.

둘이 친하게 지내더니

지독한 인별무새

떠오르는 더러운 기억

역겨움의 연속

역병이 돌고 있어

 슬프게도 이게 내 인생

제 건데요 1

네가 왜 거기 있어?

제 건데요 2

음… 또 대표가
화면 기획을
거지같이 해서
줬구먼…

앗! 시도해보고
싶은 디자인이
생각났다!

대표가 시킨 버전,
내 디자인 버전 두 갤
작업해서 보여주자

오! 슬이 씨 시안이
더 괜찮네요!
이걸로 진행하죠!

스틸

내 새끼란 말이야

여름 1

내가 여름에 감기 걸리는 이유

여름 2

아!! 혹시 화장실 문이 열려 있어서 그런 걸까요?

화장실 안 창문이 열려 있으니까요!

그렇군! 당장 화장실 문을 꼭 닫아달라는 문구를 프린트해서 문에 붙이도록!

대표

롸저댓!!

너희들이 제일 안 닫고 다니잖아

뭘 대단한 듯이 말하고 자빠졌어

슬프게도 이게 내 인생

문구가 이상한 것 같은데?

문제의 화장실 문

아닙니다

소소하지만 즐거워!

036

대표를 울린 앓

난 독특한
취미가 있는데

후후후…

이상한 거 아님

주변 지인들의 헛소리나

과한 노출은
섹시를 방해하지…

얽ㅋㅋㅋㅋㅋ뭐약
ㅋㅋㅋㅋㅋㅋ
개뜬금ㅋㅋㅋ

(취함)

철썩!

슬프게도 이게 내 인생

마음을 강타하는 말을 들었을 때

아 오늘 점심 바빠서 못 먹었더니 엄청 배고프다…

깜짝!

꼬르륵

뭐? 점심을 못 먹어?

지나간 끼니는 돌아오지 않는데…

푸ㅋㅋㅋㅋㅋ 악ㅋㅋㅋㅋㅋㅋㅋ

푭!

걱정

그때 오늘의 명언이라는 폴더에 메모로 기록을 남기는 것이다.

와ㅋㅋ 이건 적어야겠어

*보통 나중에 놀려먹을라고 씀

톡톡

톡톡

악취미

이 명언집은 혼자 우울하거나
심심할 때 꺼내보곤 하는데

ㅋㅋㅋㅋ구구절절
맞는 말뿐이다 진짜

시간은 나는 것이
아니라 내는 것이다.

안주는 배부른 것과
다르다.

고기는 끊기면 안 된다.
끊기면 배부름이 느껴지니까.

잠깐
자세히 보니….

배송은 빠를수록
감동은 배가된다.

안 될 땐 안 해야지.

연애는 갑과
갑이 하는 거야.

슬프게도 이게 내 인생

고대 그리스에서 태어났어야 했다

이렇듯 그는 평소

파워풀한
행동력과

거침없는 언행의 소유자인데

그런 성격 때문에
화를 부른 일이 있었으니

참지 않기

슬프게도 이게 내 인생

어느 날 취준생이던 그는 면접을 보러 가는 중이었다.

음 지도상으론 여기라고 뜨는데…

하지만 그 길이 순탄치 않았다.

뭐야 이 미친 경사

면접 취소하고 싶은데

합격해도 여긴 안 간다 절대 진짜.

헉헉

헉헉

출근이 너무 숨차요

은근슬쩍 다음 만남을 어필

슬프게도 이게 내 인생

그렇게 면접을 마친
그날 연락이 왔다.

합격입니다~ 낼부터
출근 가능하나요?

음?

체력 점수로 합격

근데 그다지
끌리지 않아서
거절했더니

죄송하지만
다른 곳이 돼서요~

(거짓말)

왠지 지금은
좀 별로

취업할 기분이 아니야

상대편이 매우
매도하였다.

어떻게 그러실 수 있어요?!
앓 씨 때문에 다른 사람 다~
취소하고 제일 먼저 연락한 건데!

어? 아?
그래요?

왠지 흔남

당황해서 입사

입사 첫날 들어버린 어둠의 계획 의 일부는 아래에도 적용됩니다

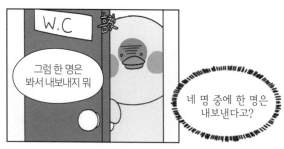

입사 첫날 들어버린 어둠의 계획

 슬프게도 이게 내 인생

그는 촉이 좋은 편이었다.

흔한 회사답게
이상한 사람도
있었고

엑셀도 할 줄 몰라?
이래서 20대 애들이란~

20대 패기 전에
꺼져 제발

대표는 너무
감정적이었다.

주신 문서는
언제까지 정리하면
될까요?

아~ 그거 내일까지
천천히 줘요~

어제 주신 문서
확인 좀 ㅎㅐ…

그걸 이제 주면
어떠케엑!!!!!

뺘액!

느려터졌네!!

슬프게도 이게 내 인생

그로 인한 스트레스가
MAX인 상태였는데….

타인과 친해지는
가장 좋은 방법은

공통된 적이 있을 때라고 했던가.

그렇게 베프를 만났다.

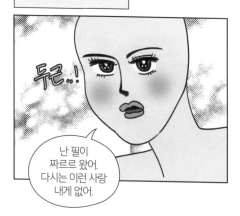

 슬프게도 이게 내 인생

그들은 그동안의 앙금을
메신저로 쏟아내었고

급속도로
짱친이 되었다.

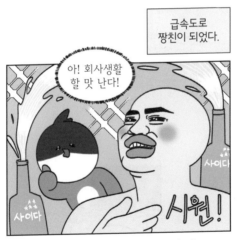

오가는 쌍욕 사이로 싹트는 우정

그렇게 회사에
익숙해질 무렵
둘은 외근을
나가게 되었는데

앞 씨! 서둘러요.
빨리 가야 해요!

아! 네네
이것만 챙기고요!

같이 가요!

슬프게도 이게 내 인생

살인 계획이 들통나버렸다

거짓말은 못하는 타입

 슬프게도 이게 내 인생

어찌어찌
화해를 하긴 했으나

싸우지 말고

사이좋게 지내요!

다음 날 대표의 뒤끝으로
결국 퇴사하게 되었다.

나도 곧 퇴사할 거야…
나중에 보자…

정직원이라
못 자름

괜찮아
예상했어…

살인미수로 잘림

그리고 막상 잘리고 나니
억울했다고 한다.

아니 근데
남의 카톡을 왜 봐?!

총 쏜다는 것도
열흘이나 지난 건데!

그걸 올라가서
다 봤다고?!

생각해보니 크리피

덧

이후 이 사건을 전해 들은
사람들은 큰 충격을 받아

충격!

이런 일이
있었다…

워 그거
오싹하네

슬프게도 이게 내 인생

출근하자 마자 서둘러
카톡 기록을 삭제했고

않은 한동안 회사의 대표를 울린
오진 사원이라고 놀림을 당했다.

솔직히 따지면 나보다
앓의 삶이 더 스펙터클하다.

그다음 회사도 대표가 쌍욕 해서 나옴

그런 앓은 최근에 좋은 짝을
만나 결혼할 예정이었으나,

아름다운 봄 신부 예정이었음

코로나 터짐

식장, 신혼여행 죄다 취소

앉의 행복을 진심으로 기원합니다.

037
그들의 술자리

이 만화에 자주 나오는 이들은

짜 — 잔

대학생 때 거의
4년 내내 매일 보며
조별 과제도 같이하고

3조: 신명조

얘 곧 발푠데
왜 아직도 안 와

몰라 자나 봐
전화도 안 받아

슬프게도 이게 내 인생

다 뜯어버려 그냥

학생회와

*회의 중입니다

졸업준비
위원회를
함께하며

*역시나 회의 중입니다

휴학 신청을
했어야 했는데

항상 알아챘을 땐 늦어 있었다

슬프게도 이게 내 인생

졸업을 하고

꼴 보기 싫으니까

각자 취업을 하고 사회생활을 하다 보니
친구가 서로밖에 안 남았다.

거의 부족사회

이 방이 터져버리면
친구가 사라지기 때문에

슬슬 술 먹자고
할 때가 됐는데

전부는 못 만나지만 그때그때
되는 사람들끼리 자주 만나려고 한다.

음 이번 달이면…
만날 구실이

탱 생일이 있네

 슬프게도 이게 내 인생

생일이라 그런지 평소 얼굴 보기
힘들었던 사람도 와서 꽤 많이 모였다.

다들
오랜만이야

미친 지렁이가
퇴근을 했다

본체는 아직
퇴근을 못 한 거야?!

지렁일 리 없어!
영혼만 온 거야!

유체이탈식 퇴근

그는 꽤
감격한 모양이었다.

결국
저지른 거야?

왈칵

무슨 엄청난 걸
해버린 것처럼
말하는 거야

홍익 위장의 정신

사기꾼의 말로

슬프게도 이게 내 인생

생일 축하 기념으로
생일주를 말고

손님 주문하신~
순두부찌개 시럽에 콜라를 섞어
치킨무 가니쉬로 마무리한
수란 소주 칵테일입니다~

오.!

이런 독극물
주문 안 했는데요

팍!

저쪽 신사분들이
보내주신 겁니다

저 보니 앤 클라이드가

오랜만에 만난 이들의 근황을 들었다.

앙, 새로 간 회사는 어때? 괜찮아?

최근 다시 취직함

나 죽겠어 퇴사하고 싶어ㅜㅜ

왜? 취직한 지 얼마 안 됐잖아

몰라 내가 회사 적응을 못하나ㅜ

위에 직급이 엄청 많아 헷갈려 미칠 거 같아

삑 삑

팀장 과장 차장 부장 부사장 이사 부이사….

슬프게도 이게 내 인생

저번에는 상무님이라고
했어야 했는데

어때 않 씨
일은 할 만해?

네…
신경 써주셔서
감사합니다! 그…

…상주님!

끼얏

상…상…
상 뭐였는데

해맑

상주…!

급초상집

더블 킬

 슬프게도 이게 내 인생

놀리는 덴 도가 터버림

옛날엔 모이면
교수 욕, 과제 이야기
하던 사람들이

대출이~

연봉이~

금리가~

돈 이야기를 주로
하게 되고

건강을 생각하기
시작하고

요즘 잠을 일찍 자도
엄청 피곤해

나도 그랬는데
이 영양제 먹고
좀 좋아졌어

오 뭔데 뭔데

체력이
안 좋아진 게
눈에 띄게 보이기
시작했다.

개 피곤—

10시 넘으니까
다들 낡은 거 봐라

낡은 청춘

 슬프게도 이게 내 인생

나도

그렇게
자리를 파하고

집에 가는데
친구의 말이 계속
기억에 남는다.

슬프게도 이게 내 인생

맞다.
그때도 학교생활이
쉽지는 않았지만

나도 하루에
한 번은 웃나?

밤새 과제 하다
잠깐 바람 쐬러
편의점 가는 것도
좋았고

내일 1교신데
절반도 못 함ㅋㅋㅋ

나도ㅋㅋ 근데 우리
같은 조 아니냐?

패망

술이 마시고 싶으면
전화 몇 통이면 모여서

단골 술집에서
해가 뜰 때까지
시답지 않은
이야기나 해도
재밌었던 그때가
그립다.

학생 때는 그저 빨리
돈이 벌고 싶었는데

내가 왜 내 돈 내고
고통을 받고 있냐…

차라리 돈 벌면서
고통받고 싶다…

막상 돈을 벌고 있자니
학생 때가 그립다.

몸은 현재에 있지만
마음은 과거에 있고…

머리는
미래에 있구만

슬프게도 이게 내 인생

이번에 단행본을 준비하면서 친구들에게
표지 디자인을 골라달라고 했는데

A안, B안 중
어떤 게 나은 것 같아,
디자이너 놈들아?

적당히 심심했던 평일 오후의 직장인들

난리 나버렸다.

다양한 조언 고마웠습니다….

결국엔 내 맘대로 결정했다

머리했다

슬이 캐릭터는 단발이다.

까루릭

이유는 캐릭터를 만들 당시 모습 그대로 만들어서 그렇다.

나도 동물로 만들걸

당연히 인간보단 동물이 더 귀여운데

mistake!

너무 생각 없이 만들었다

슬프게도 이게 내 인생

살면서 다양한
헤어스타일을 시도해봤지만

숏컷

뽀글

철수

푸들

미소의 세상

쪽파

제일 잘 어울리는 건
시꺼먼 단발이었다.

이게 제일
나 같구먼

흔한 단발병 말기

인피니티 짧머

마루코는 25세

마음먹고 머리를
길러보았다.

실제로 보니
좀 닮았다.

록스타 느낌 충만

게다가 반곱슬이고
풍성충이라
머리만 감고 나오면
부풀어 올랐다.

메모리폼

또 마지막엔
초록색으로 염색했어서
묘하게 초록빛을
띄었는데

어?
이건 마치…

인간
길리슈트…!

탑텐은 문제없다!

결국
자르기로 했다.

전부 쳐줘.

뭐?
네 목을?

음

그것도 나쁘지 않아

슬프게도 이게 내 인생

미련 X

돈 내고 상냥하게 혼나기

더 이상 머리카락이라고 칭하기 어려움

자린고비

뜻밖의 사실

직종을 넘나드는 개 같은 밥벌이

언제는 커트 손님이 왔는데

나를 위아래로 훑어보더니

슬프게도 이게 내 인생

머리 감을 때 물어보는 게 아니었는데

샴푸 하다가 싸해서 보니까

슬프게도 이게 내 인생

역시 머리 감을 때 물어보는 게 아니었다

네가 가위를 들었다는 걸 잠시 잊었구나

 슬프게도 이게 내 인생

고정수입 X

그리고 제품도 다 내 돈 주고 쓰는 거야

기계, 가위, 약… 다 사서 써

헐 난 미용실에서 다 제공하는 건 줄

화려하게 안 꾸미고 있으면 실력 없어 보이니까

머리는 당연히 해야지

꺄에에

화장 빡세게 해야지

옷도 잘 입어야지….

원장님이 옷이나 시계 신발 같은 건 명품 두르라더라

돈 없다니까 빚을 져서라도 사래

그래야 손님 꼬인다고

서각

서각

앞머리 자르는 중

 슬프게도 이게 내 인생

역시 직종을 넘나드는 의문

알고 지낸 지 10년 넘은 친구가
고생하는 게 안타까웠다.

손님이 많이 와도
매장에서 다 떼가고

위잉

미용 배우는 거
자체도 돈 진짜 많이
들었는데… 이씨

커컹

쿵시렁

녀석도 참
고생하는구만

가끔 와서
저녁이나 같이
먹어줘야지

슬프게도 이게 내 인생

그렇게
머리가 끝나고

수고하셨습니다~

햐

캐릭터 완성

친구를 잃었다.

친구
디씨 없어?

…? 손님?
친구라뇨?

강남 숍은 너무 비쌌다

최근 이 친구는 서비스직에
회의감을 느끼고 미용을 그만뒀다.

사람이 못할 짓이다.

고생했다.

고등학생 때부터 배운 게 미용뿐이라
앞으로 뭘 해야 할지 막막해한다.

난 뭘 해 먹고
살아야 될까….

음… 평소에
네가 재밌게 하는
취미생활이 뭔데?

음… 나는.

소비러

꿈을 찾고 있는 내 친구가 가슴 뛰는
일을 꼭 찾을 수 있으면 좋겠다.

039

이사 급해

뽀송뽀송할 자유

슬프게도 이게 내 인생

과한 열정

엉망진창

자유 더럽다.

종종 자유는
큰 책임을
불러오지만

왜냐면 자유는 질의 삶을…
아니 삶의 질을 높여준다…!

위잉

선정성

혼자 사는 삶은
그럴 가치가 있다.

위잉

보아라 나의
반려가저…ㄴ.

음란 퇴치!
음란 퇴치!
음란 퇴치!

퍽

A

퍽

전체 이용가의 철퇴

 슬프게도 이게 내 인생

하지만 자유는 비쌌고,

내 능력으로
가질 수 있는 자유는
작고 열악했다.

소박한 자유는
썩 좋다고 할 순 없지만
온전한 나만의 공간은
큰 위로가 되었다.

하지만 그 공간을 조금이라도 침범당하면
외로움은 두려움으로 바뀌게 된다.

우리 집은 원룸 건물 주차장에 있는, 원래 관리 사무실로 쓰이던 곳.

비교적 착한 월세를 자랑하는 집이지만 단점이 많았다.

내적 친분 쌓기

1층이라 마음 편하게 환기하기도 어려웠다.

웰컴 범죄!

이런 열악한 집 상태 때문에
주변인들은 종종 걱정하기도 했다.

난 돈이 더 무섭다.

세상엔 무서운 게 너무나 많았기에
상대적으로 덜 무서웠다.

슬프게도 이게 내 인생

하지만 아무리 마음을 강하게
먹어도 무서울 때가 있다.

이럴 경우는 좀 무섭다.

어느 겨울,
새벽에 잠깐
외출했던 날은

갑자기
단 게 땡기네
흐흐

어…
새벽 4신데…
사람이… 있네….

무서워서
못 들어갔다.

…봉다리
달라고 할걸.

춥도..

손 시랴

 슬프게도 이게 내 인생

종종 이런 곳에 사람이 살 줄 몰랐는지

집 문 앞에 주차도 한다.

주차를 개떡같이 해놨어

왠지 올라가는 입꼬리

순도 100% 웃음

슬프게도 이게 내 인생

난 눈치가 없다.

정말 못 참겠는 건
반갑지 않은 손님들이다.

이때가 젤 무서움

이럴 땐 집 안의 인기척을 모두 지우고
쥐 죽은 듯이 없는 척한다.

슬프게도 이게 내 인생

꽤 끈질기게 문을
두드리는 경우는
견디지 못하고
열어보는데

에이 누구야!
일요일 오전에!!

쾅!

쾅!

뭐유?

뿌럭

저… 여기 건물 안에
들어가고 싶은데
방법을 아시나요?

쿵쾅 하모니

슬프게도 이게 내 인생

의외로 쉽게
문제는 해결되었다.

진짜 있다!

고마워요 로켓 배송!

호수 표를 다는 것은 모든 문제를 없애주진 못했지만

적어도 배달원이 잘 찾아오게 되었고

소중한 나의 공간을 다시 아껴주고자 했다.

집도 째깐해서 청소도 금방 끝난다

나 힘들까 봐 일부러 6평인 거지? 기특한 새끼

긍정왕

슬프게도 이게 내 인생

앗차차 결로 현상…!

040

우리 오늘은 제발 집에 갑시다

태어나서 처음 야근을 하게 되었을 때가 생각난다.

호! 이것이 야근인가?!

고등학생 때 처음으로 야간자율학습을 했을 때와 비슷한 느낌이었다.

호! 이것이 야자!!

티비에서 봤어!!

떠들지 말고 공부해라!

신기한 마음

슬프게도 이게 내 인생

항상 처음은
나쁘지 않았던
것 같다.

역시나 좀 신기한 마음

하지만 야자는
계속할수록
공부는 늘지 않고
잠만 늘었고

할수록 푹 자

야근도 뭐…
비슷했다.

할수록 ㅈ같아

야근을 하는 이유는 여러 가지가 있다.

6시!

일단 내가
오늘 해야 할 일은
다 한 상황.

슬프게도 이게 내 인생

하지만 왠지 아무도 자리에서
일어나질 않는다.

눈치 게임

특히 젤 높은 사람의 엉덩이가 무겁다.

얄밉!

집에 가서
해야 할 일이
많은데 답답하다.

오늘은 꼭
빨래를 해야 하는데!!!
곰팡이 슬겠어!

빤스에
뭔가가 자랄지도
모른다구!!!

새 생명을
얻었습니다.

이전까지의 삶은
삶이 아니었네.

보통 다른
누군가가 퇴근
스타트를 끊어야
뒤따라 퇴근이
수월해지는데

저 먼저
들어가 보겠습니다.

들어가 보겠습니다.

뭐지?
그림자 분신술?

뾰짝 붙어서 퇴근

슬프게도 이게 내 인생

감히 막내가 퇴근 첫 스타트를 끊는 것은 쉽지 않다.

6시 30분 더는 견딜 수 없다.

수고하셨습니다~

말은 하지 않지만 눈빛으로 술렁이는 게 들린다.

신입이… 먼저 가네….

술렁~

열심히 하는 편은 아니구나

요즘 애들은 대범하네

저게 워라벨 뭐시기인가?

다 들린다 이 사람들아

나도 눈으로 대답해준다.

전날 엑스맨을 본 사람

눈치 퇴근은 처음에는 어려웠지만
한번 첫 타자를 하고나니 점점 쉬워졌다.

파블로프의 개

 슬프게도 이게 내 인생

생각해보니 난 원래 눈치가 없는걸!

그래서 잘린 걸까

야근 이유 두 번째.

꼭 이날은 업무 시간 내내는 한가하다.

술 먹을 생각에 두근두근

하지만 태풍도
오기 전이 고요한 법.

퇴근 전에 일을 줘서
야근하게 된다.

내 인생이 계획대로 될 리 없지!

이런 경우는 기분 나쁠 때가 있고
괜찮을 때가 있는데

정말 죄송한데 업체에서
갑자기 수정 요청이 와서….
이것만 해주시면
안 될까요?ㅠ

퇴근 시간에
정말 죄송합니다….

정말 급한 경우,
상대방이 충분히 양해를
구할 때는 기분이 나쁘지 않다.

네 어쩔 수 없죠….
괜찮아요!
얼마 되지도 않고….

이 사람은 가끔 사과가 과해서
화가 나게 한다.

하지만 굳이 오늘까지
마무리해야 할 일도 아니고

그럴 가치도 없는데 퇴근 전,
그저 자기 마음대로 일을 줄 때

안 들림

 슬프게도 이게 내 인생

특히 본인의 행동에 대해
반성이 없을 경우는 매우 화가 난다.

진짜 침 뱉고 싶어

시간에 대한
주도권을 뺏기기 때문에
매우 기분 나쁜 야근이다.

약속을 잡았었다면 분노가 두 배

세 번째는 그냥 일이 많을 때.

산더미

이건 답도 없다.

진짜

슬프게도 이게 내 인생

회사가
욕심은 많아서
일이 많은데

성장!!!

직원들은 이미 과적 차량으로
아우토반을 달리고 있고

핸들이 고장 난
에잇톤 트럭~

내 인생은 언제나 삐딱선

대표는 사람을
더 뽑으려 하지
않을 때

야근을 하게 된다.

쌉소리를 당당하게 해

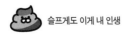 슬프게도 이게 내 인생

아직 학생일 땐 야근에 대해 묘한 환상이 존재했었다.

하지만 현실은 항상 실망만 안겨주었다.

6~8시   9시   11시   12시 이후

야근을 해보면 알겠지만 딱히 야근을 한다고 해서 능률이 오르진 않는다.

집중력이 휘발되는 과정

그럼 왜 야근을 하는 걸까? 어째서 우리는 오늘도 집에 들어가는 게 이리도 어려운 걸까?

신입이라 열심히 하는 모습을 보여야 해서

클라가 정시 퇴근하는 걸 못마땅해서

넘어온다는 자료가 깜깜무소식이어서

왜 우리 일 열심히 안 핵!!!

광고주가 딸기가 신선하지 않다 그래서…

…

슬프게도 이게 내 인생

이유는 대부분
빨리빨리 시스템 속에서
누군가 한번 대충
비벼버린 일이

별거 아니니까~

꾸욱

어?

밑에 있는 사람에게 감당 안 될
크기로 떨어지기 때문일 것이다.

사회적 분위기,
혹은 자의가
아닌 타의로
이뤄지기 때문에
어찌할 방도가
없다.

한낱 일개미가
뭘 할 수 있겠어!

여왕개미한테
나대면
죽어야 하는걸!

그래도 그 옛날보다는
시간이 흘렀다는 것과

어~어디 윗사람이
퇴근을 안 했는데
응뎅이를 들썩여!!

요~오즘 시대에
누가 팀장 퇴근 안 했다고
야근하나! 어!

옛날 꼰대 vs 요즘 꼰대

한 명이 대충 일하면 다른 사람은
그 똥을 치워야 된다는 것만
알아줬으면 좋겠다.

우리 다 인생 힘들잖아요
다 같이 일찍 가자고요ㅠㅠ

빤쓰 오늘 못 빨면
내일 입을 게 없어여ㅠ

흐규

허규

제발 그만 빤스를 말해

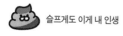

슬프게도 이게 내 인생

하지만 야근수당만 잘 챙겨주신다면
소처럼 일하겠습니다.

결국 자본 엔딩

DAUM WΞBTOON × 더오리진

054

슬프게도 이게 내 인생 04

1판 1쇄 인쇄 2020년 7월 13일
1판 1쇄 발행 2020년 8월 12일

지은이 슬
펴낸이 김영곤   **펴낸곳** ㈜북이십일 더오리진
오리진사업본부장 신지원
책임편집 손유리   **웹콘텐츠팀** 이은지 홍민지 최은아
마케팅팀 황은혜 김경은
디자인 이아진, 프린웍스
영업본부 이사 안형태   **영업본부 본부장** 한충희
오리진 영업팀 김한성 이광호   **제작팀** 이영민 권경민

출판등록 2000년 5월 6일 제406-2003-061호   **주소** (우10881) 경기도 파주시 회동길 201(문발동)
대표전화 031-955-2100   **팩스** 031-955-2151   **이메일** book21@book21.co.kr

(주)북이십일 경계를 허무는 콘텐츠 리더

아르테팝 채널에서 도서 정보와 다양한 영상자료, 이벤트를 만나세요!
페이스북 facebook.com/21artepop   **트위터** twitter.com/21artepop
인스타그램 instagram.com/21artepop   **홈페이지** artepop.book21.com